鬥嘴一班 ㉙
校園最強者

卓瑩 著

新雅文化事業有限公司
www.sunya.com.hk

目錄

人物介紹

文樂心
（小辮子）

開朗熱情，
好奇心強，
但有點粗心
大意，經常
烏龍百出。

高立民

班裏的高材生，
為人熱心、孝
順，身高是他
的致命傷。

江小柔

文靜溫柔，善解人意，
非常擅長繪畫。

籃球隊隊員，
運動健將，只
是學習成績總
是不太好。

黃子祺

為人多嘴，愛搞怪，是讓人又愛又恨的搗蛋鬼。

周志明

個性機靈，觀察力強，但為人調皮，容易闖禍。

吳慧珠 (珠珠)

個性豁達單純，是班裏的開心果，吃是她最愛的事。

謝海詩 (海獅)

聰明伶俐，愛表現自己，是個好勝心強的小女皇。

第一章　初遇小霸王

　　新學年的開課日當天早上，暑假時習慣了晚睡晚起的文樂心，一時無法把作息調整過來，即使臨睡前設定了鬧鐘，仍然無法依時起牀。

　　她睡眼惺忪地爬起來梳洗，好不容易背上書包出門時，校車早就開走了，只能乘坐巴士回校。

由於巴士的下車點距離藍天小學較遠，下車後要多走一段路才能到達，故此巴士還未到站，文樂心已預先背好書包，擺出起跑的姿勢。

　　巴士一到站，她便立即以近乎賽
跑的速度，一口氣向着學校方向跑。

　　當她終於來到學校門口時，距離
遲到的時間就只剩下一分鐘。

　　她匆匆從書包摸出學生證，正欲
把它放到校務處門外的讀卡機上時，
一位人高馬大的男生忽然從後插進

來，搶先一步拍了卡，然後轉身揚長而去。

　　待文樂心再上前拍卡，電腦已即時亮起標示為遲到的紅線。

文樂心頓時
為之氣結，氣呼
呼地追了上前，
要找那高個子算
賬：「這位同學，請你等一下！」

這位男生長得高大，看樣子應該
是六年級的學長。

那男生
回過身來，
把文樂心從
頭到腳打量
了一回，見
她只是低年

級生，不屑地揚了揚眉，瞪着她問道：「什麼事？」

文樂心看見他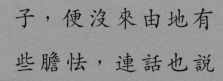長得橫眉豎目，一副兇神惡煞的樣子，便沒來由地有些膽怯，連話也說得結結巴巴：「你……你要遵守秩序，不能插隊啊！」

那男生緩緩地走近她，

冷冷地説：「我就是喜歡插隊，你要怎麼樣？」

文樂心沒想到他竟然是個蠻不講理的小霸王，眼見他步步進逼，只好一步一步地往後退，心中不禁有些後悔自己説了多餘的話。

然而，已出口的話無法收回，她又不願意就此妥協，只好委婉地低聲説道：「我們是學生，應該遵守校規嘛！」

她話一出口，那男生登時變了臉色，惡狠狠地質問道：「你這是在指責我不守校規嗎？我怎麼不守校規

了？你再説一遍試試看！」

　　文樂心見形勢不妙，立刻想轉身
離開，誰知他已反手拉住了她背上的
書包，令她動彈不得，冷哼一聲道：
「先説清楚再走！」

先説清楚再走！

文樂心害怕極了，忙回身喊道：
「你要幹什麼？快放開我！」

　　就在這緊要關頭，一把冷冷的聲音適時地插進來：「趙強，請你立刻放開她！」

　　原來來人並非別人，正正就是文樂心的哥哥文宏力。

　　那位名叫趙強的男生回頭一看，

見來人是跟他同班的風紀隊長文宏力，眉頭一皺，立刻把拉住文樂心的手縮了回去。

文樂心大喜過望，立即快步跑到文宏力身邊，努起嘴巴告狀：「哥哥，他欺負我，你快幫我對付他啊！」

哥哥，
他欺負我！

15

聽到文樂心喊文宏力「哥哥」，趙強斜眼看了文宏力一眼，狐疑地問道：「她真的是你妹妹嗎？」

有哥哥在旁護着，文樂心的膽子可就大了，文宏力還未及回應，她已從他背後探出頭來，搶先回答道：「當然，如假包換！」

文宏力不置可否地盯着趙強，清冷的眼神中透着凌厲。

趙強見文宏力沒有否認，知道文樂心的話不假，只好把握着的拳頭收起來，悻悻然地回身朝教室走去。

望着趙強遠去的背影，文樂心重

重地舒了一口氣，但心中難免猶有餘
悸。

　　往後的日子，她每次遠遠見到趙
強，都會刻意繞路走，避免跟他再有
任何接觸。

第二章　女孩當自強

　　這個新學年，學校推出了多項全新的課外活動給同學們參與，同學們都格外興奮，紛紛捧着活動的章程，跟要好的朋友熱烈地討論起來。

江小柔把每個課程簡介都逐一細閱，看着看着，忽然興奮莫名地喊道：「哇，原來學校今年開辦了國畫班，負責教授的老師，還是一名資歷很深的國畫大師呢！」

她連忙拉着文樂心，熱切地相邀道：「心心，你不是也挺喜歡繪畫嗎？不如你跟我一起參加國畫班吧！」

這時文樂心尚未有特別想要參加的項目，於是無可無不可地答應道：「好呀！」

她的鄰桌高立民，也回頭跟坐在後排的胡直道：「兄弟，原來今年增設了跆拳道班呢，有沒有興趣一起參加啊？」

「好啊，學跆拳道既能強身健體，又可以學會自衛，我早就想學了呢！」胡直不假思索地答應。

胡直一邊説一邊翻開課程簡介看了看，忽然驚喜萬分地大喊：「喲！原來負責教授跆拳道的教練，是曾經

代表香港出賽的方教練呢！」

「難得遇上如此厲害的導師，我們更不容錯過喔！」高立民也十分興奮。

「當然啦！」胡直坐言起行，立即提筆在報名表上疾書。

文樂心聽胡直提到可以自衞，趙強那張兇惡的面孔，便忽然再次湧現心頭。

她暗自沉思起來：「胡直説得對，如果我學會跆拳道，便有能力保護自己，不必擔心會再受人欺負了！」

她心念及此，便下定決心要參加跆拳道班。

不過，若要她獨自去參加，她心中難免有點不安，便嘗試邀請好友江小柔、吳慧珠和謝海詩一同參與。

可惜吳慧珠一聽到「跆拳道」三個字，已立刻搖頭擺腦，想也不想便一口拒絕：「別了吧，我的運動細胞實在不行，怎麼承受得了這種重量級的運動啊？」

江小柔則皺起眉心，認真地思量了好一會，但始終還是擺了擺手道：「跆拳道需要很大的力氣，應該是男生參加會較合適吧？」

　　「誰說女生就不能參加的？就是因為我們力氣不夠，才更應該多加鍛煉啊！」文樂心仍然不死心地游說，「你先試試看嘛，也許並非如你所想那麼難！」

　　然而，無論文樂心再怎麼說，她都無法說服她們。

　　謝海詩原本也是打算拒絕的，但見文樂心一副可憐巴巴的樣子，心中

大是不忍，思量了半天後，終於點頭答應道：「好吧，反正我沒有要參加的項目，便姑且陪你一起玩玩吧！」

「耶，海詩你真好！」文樂心頓時喜出望外。

一個月後的某天下午，跆拳道班正式開始第一堂課。

放學鈴聲一響，文樂心便收拾好

書包，興致勃勃地拉着謝海詩，一起來到指定的活動室預備上課。

當她們來到活動室，發現原來裏面早已擠滿了人，他們都來自不同的班別，有男生也有女生，非常熱鬧。

謝海詩環視了眾人一眼，隨即朝左邊的牆角努了努嘴道：「心心，你看，高立民和胡直在那邊呢！」

文樂心循着謝海詩所指的方向望
過去，只見高立民和胡直果然身在人
叢中。

　　難得遇上相熟的人，文樂心自
然也很高興，正要舉手跟他們打招呼

時，她眼角的餘光，駭然見到了一張
她最不想遇見的臉。

　　而這張臉的主人，正是——趙
強！

第三章　一觸即發的火球

　　當文樂心發現趙強也身在活動室時，身子猛然一震，忐忑不安地想：「他怎麼也在這兒啊？」

　　慌亂間，她下意識把身子往謝海詩背後一縮，心中不斷祈求不要被趙強看見。

　　謝海詩看見她突然臉色大變，忙關心地問道：「心

心，你怎麼了？」

　　文樂心朝趙強的方向指了指，悄聲地在海詩背後説：「你有看見一位特別高大的男生嗎？開課日那天，我提醒他不要插隊，他便幾乎要動手打人，橫蠻得很，我怕他會把我認出來呢！」

　　「怕什麼？」謝海詩不以為意地「哼」了一聲，「學校裏有那麼多老師和同學，他不敢對你怎麼樣的！」

　　謝海詩的話令文樂心安心了些，但她仍然不敢放鬆，不時留意趙強的動靜。

不一會兒，萬眾期待的方教練，終於帶同兩位男助教一起來到活動室。

原本吵吵嚷嚷的活動室，立時安靜下來，大家都以好奇與崇拜的目光，定定地看着他們。

年輕的方教練身材健碩，穿着一身雪白的道服，再配上代表最高等級的黑色腰帶，英姿颯爽的好不威武。

　　方教練站在講台前，帶點威嚴地掃視了大家一眼，一字一句地說：「跆拳道的精神是禮義、廉恥、忍耐、克己和百折不屈，講求道德修養。故此，你們必須尊敬師長，友愛同學，以跆拳道去保護自身及他人，務求創

造一個和諧的社會。」

在方教練把跆拳道精神和基本規則都詳細地介紹了一遍後，課堂才正式開始。

首先是由兩位男助教帶領大家一起熱身，接着才由方教練教授直拳、抬腿及前踢等基本動作。

待同學們對動作都略為熟悉後，方教練

開始要求大家以二人為一組，以對練
的方式進行練習。

　　文樂心自然是毫不猶疑地緊黏着
謝海詩，高立民跟胡直也當然是老搭

檔，至於趙強，則跟六年級的李子洋同組。

　　方教練見大家都找到搭檔，便再吩咐道：「請每組同學通力合作，一位負責將手靶橫伸至肩膀的高度；另一位同學則要以手靶為目標，做出

抬腿及前踢的動作，大家相互輪流對練！」

　　當大家見到助教們手上握着的手靶，形狀竟然像極了一隻雞腿時，都不禁「咭咭咭」笑成一團，練習起來也積極得多，每次抬腿踢腳時，嘴

裏都會同時發出陣陣吆喝聲，氣勢十足。

文樂心一邊和謝海詩對練，一邊暗中留意趙強，見他跟她們相隔着兩組的距離，而趙強似乎也並未有留意自己，文樂心才漸漸放下心來。

正當大家練得投入時，趙強忽然「哎呀」一聲。

他的聲浪不算大，但由於文樂心對趙強特別關注，立時警覺地瞟了他一眼，只見他正低頭瞪着一位低年級的小男生，惡狠狠地道：「小子，你這是故意的吧？」

那位小男生見他滿臉怒容，害怕得低下了頭，連連擺着手道：「對不起，我不是故意的！」

小子！你這是故意的吧？

對不起，我不是故意的！

趙強是個一觸即發的火球，文樂心不禁替小男生捏了一把冷汗。

　　幸而旁邊的助教聽到聲音，立即向趙強的方向望過來，疑惑地問道：「怎麼啦？發生什麼事了？」

　　趙強見引起了教練的關注，忙笑着連聲道：「沒事沒事，就是輕輕碰撞了一下而已。」

　　助教見他們都沒什麼事，只點頭吩咐一聲：「組與組之間請保持一定距離，別靠得太近！」說完後便轉身走到別組去。

　　趙強和那位小男生，也若無其事

地各自回到組員身邊繼續練習。

　　文樂心見大家相安無事，才安心地舒了口氣。

　　練習抬腿和前踢看似容易，但實際上所費力氣不少，當終於熬到方教練宣布課堂結束後，所有人都已累得幾乎走不動了。

　　大家按照規定向方教練鞠躬行禮完畢後，便都匆匆收拾東西，拖着疲累的身軀離開了。

　　然而，當那小男生欲背起書包離開時，趙強卻忽然把他喊住。

第四章 特強凌弱

　　趙強背着書包，三兩下來到那小男生跟前，一手把他攔住，語氣冷冷地說：「你先別走，我們的事情還沒完呢！」

那小男生嚇了一跳，偷偷瞄了趙強一眼，見他一副木無表情的樣子，一時也看不透他想要怎麼樣，只好小心翼翼地問道：「我剛才不是已經道歉了嗎？還有什麼事？」

　　長得健壯的趙強，從小就被同輩追捧着，久而久之，他已將之視為理所當然，認為這就是強者的象徵。

　　誰知眼前這位小男生，

分明是他不對在先，卻居然還敢用這種態度跟他説話，臉上頓時有點掛不住，不由得生氣地道：「我被你剛才那麼一撞，手臂幾乎都要折斷了，難道你只簡單地説一句對不起，就打算不了了之嗎？」

向來最崇拜趙強的李子洋在旁看見，也趕忙上前附和道：「對對對，你就這樣跑掉，實在是太沒禮貌了！」

有李子洋在旁助威，趙強也就更覺威風，朝小男生昂起了鼻頭道：「你聽到了嗎？連旁人也看不過去了！」

　　小男生見他們二人表現熟絡，知
道李子洋是故意偏幫趙強，心中很不
服氣，但礙於他們都是大哥哥，他不
敢反駁，只好無奈地問道：「那麼你
們想怎麼樣嘛？」

　　趙強再湊前一步，跟小男生貼近
得幾乎臉貼臉，以不容反對的語氣，

冷冷地說：「很簡單，給我一點補償吧！」

　　小男生被他的氣勢所懾，身子不由地往後一縮，說話時也禁不住有些

給我一點
補償吧！

結巴：「我……我沒有錢！」

　　其實趙強不是想要錢，他只是想小男生乖乖就範，以展示自己強者的威風。於是他輕哼一聲道：「沒有錢，那就把你身上最貴重的東西拿出來吧！」

　　小男生急忙打開書包，想要翻出些什麼。可是，他的書包內就只有課本和文具，叫他往哪兒變出什麼寶貝來？

　　就在這時，他在書包的暗格，

摸到一小包硬邦邦的東西。

他這才猛然記起，這是前幾天自己花了半個月零用錢買來的迷你跑車模型，只是一時忘記把它帶回家而已。

他當然不願意把它交給趙強，便立刻用力把它往暗格的深處塞，企圖遮瞞過去。

然而，他這些小動作，又如何瞞得過趙強？

趙強察覺他表情有異，已機警地一手把他的書包搶了過來，把它徹底地翻了個遍，一下子便把跑車模型找

了出來。

　　趙強立時目光一亮，點了點頭道：「這個小玩意挺可愛！」說着，便隨手把它放進自己的口袋。

　　小男生伸手想要把它搶回來，但

當接觸到趙強凌厲的目光時，他又害怕得縮了回去。

趙強歪了歪嘴角，又接着道：「不過，這麼小的一包也太沒誠意了吧？下次上課時，你就帶些好吃的零食來吧！」

他語畢後，便隨即搭着李子洋的

肩膀，大搖大擺地轉身離去。

仍在收拾東西的同學們都目睹了這一幕，他們都覺得趙強欺人太甚，但卻沒有一個人敢上前為小男生仗義執言。

當中包括了文樂心和謝海詩。

她們見到趙強欺凌弱小，心中都十分氣憤，尤其是曾經身受其害的文樂心。

然而，高立民和胡直早已離開了，只餘下她們兩個小女生，實在沒有足夠的勇氣，去對抗這位長得比她們高出一大截的趙強。

第五章　心有餘而力不足

眼巴巴看着小男生被趙強欺負，卻又欲救無從，文樂心感到萬分慚愧，回到家後，心情久久未能平復。

文宏力見她悶悶不樂的樣子，忍不住問道：「你怎麼了？遇到什麼事了嗎？」

文樂心先是搖了搖頭，然後又點了點頭，疑惑地問：「哥哥，如果看到有人被

欺負，卻沒有施以援手，是不是等同幫兇啊？」

「當然不是，想幫忙也得量力而為啊！」文宏力想也沒想便搖頭否定，「如果沒有十足的把握，便應尋求支援，千萬不要逞一時之勇，免得救人不成，反令自己置身險境，這樣是相當不智的。」

「對啊，可以找別人幫忙呢！」文樂心頓時得到啟發。

隔天回到學校後，文樂心便第一

時間把事情一股腦兒地告訴了高立民和胡直。

高立民得知趙強的所作所為，同樣替那位小男生感到憤憤不平，胡直更是氣得一擊拳頭道：「豈有此理！如果下次讓我碰到他再欺負人，一定會上前教訓他！」

「不如我們告發他吧！」謝海詩氣呼呼地提議。

高立民考慮了一會後，搖搖頭否決道：「我們既非當事人，又未能即場揭發他，即便鬧到老師面前，我們拿不出證據，也奈何不了他！」

文樂心很不甘心地努起嘴巴：「那怎麼辦？難道就這樣算了嗎？」

胡直立馬跳起身來：「當然不能就這樣算了！」

「沒錯！」謝海詩也點點頭，接着說道：「我跟跆拳道班的同學打聽過，這位小男生名叫郭建勇，是一年級的新生，我們今天下午便去找他談談吧！」

這天午飯後，他們一行四人，便匆匆把郭建勇找出來。郭建勇見四人一同前來找自己，不禁詫異地問：「你們找我有什麼事嗎？」

得知他們的來意後，郭建勇立刻連連擺手，斷然拒絕道：「不行，趙強一定不會放過我的！」

　　文樂心篤定地說：「放心吧，有老師替你主持公道，他一定不敢胡作非為的！」

　　「沒錯，只要你願意指證他，老師必定

會處罰他。」

謝海詩和胡直同

聲點頭道。

然而，郭建勇仍然一個勁

地擺手，一疊聲地說：「算了罷，

我跟他之間的事情已

經解決，不必驚動老

師了！」

大家見他態度如此堅決，知道無法勉強，便只好就此作罷。

　　不過，事情的發展，似乎並未如郭建勇所想的那麼理想。

　　經此一役後，趙強每每愛找郭建勇當跑腿，不是吩咐他幫忙拿東西，

就是要他請吃零食，而且還要隨傳隨到。

　　文樂心、高立民、謝海詩和胡直都替他不值，曾嘗試多次規勸郭建勇，勸他要勇於向不合理的事情說「不」，不能逆來順受。

他們說的這些道理，郭建勇其實也並非不懂，對於趙強的無理要求，他自然也很想拒絕，可惜一直都鼓不起勇氣來。

日子拖得越久，他心裏也就越是害怕，漸漸也就打消了反抗的念頭。

如此一來，身為旁觀者的文樂心和高立民等人，即使很想為他討回公道，也是無計可施。

第六章　衝突再現

　　這天下午放學時，郭建勇因忘記繳交中文功課，被中文老師留在教室，要求他把功課完成後才能離開。

　　郭建勇一聽，心裏可就着急了。

　　因為這天有跆拳道課，他得趕在學校小賣部關門前，為趙強購買指定的汽水，否則趙強必定會大發雷霆。

　　他以前所未有的速度完成欠交的功課，然後便匆匆趕往位於操場旁邊的小賣部，但他終究是遲了一步，小賣部已經關門了。

「不好了，我買不到可樂，趙強必定會抓狂的！」郭建勇着急得來回踱步，竭力苦思解決方法。

然而，整個校園就只有這麼一家小賣部，又不能外出購買，任憑他再怎麼動腦筋，也不可能憑空變出一罐

汽水來。

　　在無計可施下，郭建勇只好匆匆換上跆拳道服，然後硬着頭皮走進活動室來。

　　這時，跆拳道課已經開始了，同學們早已跟自己的組員會合，在助教

們的帶領下做着熱身運動。

　　郭建勇悄悄地閃身入內，想要避開趙強，但還是被站在後排的趙強一手拉住。

　　趙強低頭一看，見他手上並未拿着飲料，立即板起了臉孔問道：「你怎麼遲到了？我的可樂呢？」

　　　　　　　　郭建勇低着頭，怯怯地說：「對不起，剛才我被老師拉着做功課，

下課時小賣部已
經關門了呢！」

「豈有此理！
沒有可樂，待會兒
口渴了，你讓我怎
麼辦？」趙強頓覺
失了威風，氣得拳
頭緊握，似乎想要
發作。

幸而這時方教練正好站上講台，
朗聲地跟同學說道：「各位同學，今
天我會教大家一套新拳法，就是非常
實用的自衞術。只要大家努力練好拳

法，既能強身健體，也能好好保護自己！」

趙強不想惹來方教練的注意，只好勉強把怒氣壓了下來。

方教練首先示範了幾個簡單的動作，然後便由兩位助教以正方及反方對練的方式，一個動作接着一個動作地帶領大家練習起來。

待大家都把動作牢記住後，方教練才道：「接下來，大家可以跟組員自行對練。不過大家要注意，你們只是在對練而並非真正搏擊，故此手上絕對不能使勁兒，以免受傷啊！」

趙強一邊跟李子洋對練，一邊用眼角緊盯着郭建勇，然後趁着教練們沒注意，便立即上前跟郭建勇的搭檔道：「我跟你互換一下搭檔吧！」

他語畢，也不管那同學是否願意，便不由分說地把郭建勇強行拉到自己跟前。

郭建勇的搭檔同樣是個小男生，眼見趙強和李子洋如此強勢，自然也不敢多說什麼，只好妥協地轉而跟李子洋搭檔。

趙強朝郭建勇揚了揚手，歪着嘴角笑道：「來，你先當正方出拳吧！」

郭建勇感覺有些不妙，但他已習慣順從他的話，哪兒敢說一個「不」字？只好依着方教練教的招式，伸出右手向趙強的肩膀作攻擊狀。

按照方教練的指示，趙強應該先伸出左手輕輕擋住郭建勇的手，然後右手往郭建勇肩上一搭，再輕輕地把他按在地上即可。

然而，輪到趙強抵擋時，趙強卻暗中加了力度，郭建勇冷不防被他如此用力一擋，雖然不致於受傷，但手臂還是不免被撞得隱隱作痛。

郭建勇明知他是故意使壞，但又怯於趙強的氣勢，不敢向

教練舉報，便只有默默挨打。

　　趙強一招得手後，得意地朝郭建勇喊道：「好，現在換我來當正方了！」然後便舉起手來，向着郭建勇的肩膀拍下去。

　　趙強出手速度很快，郭建勇只感到一陣輕風掃過，趙強的手便已經來到自己跟前。

郭建勇自知無法避過，於是乾脆閉起眼睛不敢看。

　　正當郭建勇閉上眼睛，預備迎來趙強的一記痛擊時，卻久久不見動靜，忍不住半瞇着眼睛偷看，

才發現原來趙強的手，竟然被胡直一手托住了。

到底怎麼回事？郭建勇呆住了。

第七章　正邪大決鬥

趙強一心要在郭建勇面前建立威信，未料胡直會突然出手攔阻，只好本能地把胡直的手甩開，氣惱地瞪着

胡直問道：「你要幹什麼？」

　　胡直冷冷地盯着他，正要開口說話，旁邊的文樂心已搶先上前，氣呼呼地指責道：「我們對練時是不能使勁兒的，你這樣會令搭檔受傷啊！」

謝海詩也趕緊上前道：「方教練剛才分明已經再三強調，我們只是對練招式，不是真的要比試，所以絕對不能使勁兒，你這樣做是違規的！」

　　趙強見他們壞了自己的好事，心下一沉，冷冷地掃了胡直、文樂心和謝海詩一眼，矢口否認道：「你們憑什麼說我剛才使勁兒了？你們有證據嗎？」

　　文樂心見他不肯承認，十分生氣，立刻回道：「我親眼見到的，我可以作證！」

　　原來趙強雖然當眾欺負郭建勇，

我親眼見到的，
我可以作證！

但由於表面上看不出異樣，故此連教練們也沒有察覺，倒是一直關注他的文樂心，見郭建勇跟趙強對練時有些閃縮，好像真的被打痛了似的，才起了疑心。

趙強仍然擺出一副理直氣壯的樣子，回頭反問郭建勇：「你覺得我有在使勁兒嗎？」

　　郭建勇當然不敢回嘴，只暗暗撫着手臂，一個勁的搖着頭。

　　趙強頓時得意地一笑，回頭緊盯着文樂心等人道：「看見了嗎？你們可不能冤枉人啊！」

　　高立民和胡直見到趙強肆無忌憚的樣子，都禁不住無名火起，匆匆交換了

一個眼色後，

胡直猛然舉手

道：「方教練，高立民的高度和力度

跟我不太搭配，我想跟趙強搭檔可以

嗎？」

方教練回頭看他們，見胡直和高

立民的身形的確有些差距，於是同意

胡直和趙強一組，而郭建勇的搭檔則換成高立民。

在徵得方教練的同意後，胡直隨即大踏步的來到趙強身前，擺好迎戰的馬步，從容不迫地一招手道：「你先來吧！」

趙強見胡直不但出手干涉，還擺

你先來吧！

出一副放馬過來的樣子，心中更是火冒三丈，於是把心一橫，決定認真地跟胡直較量一番，好好教訓這個不知天高地厚的傢伙。

對於不知情的人來說，二人都按照方教練的招式，規規矩矩地在對練，但暗地裏卻在互相較勁。

胡直雖然年齡較小，但由於生得高大，身高跟趙強其實相差不遠，再加上他本身是運動健將，即使跟六年級的趙強比起來，也不會被比下去。

反而趙強見胡直比自己小，沒把他放在眼裏，出手時並未使盡全力。

誰知胡直看似輕輕一擋，卻原來勁道十足，趙強立時感到拳頭一陣痛，忙把手往後一縮，還來不及再出招，便已經被胡直按倒在地上了。

　　高立民、文樂心和謝海詩見到這一幕，忍不住暗暗偷笑。

　　郭建勇見強如趙強，居然也被胡

直扳倒，更是看得目瞪口呆。

　　至於趙強本人，自然更是既驚且怒。

　　他臉上漲得通紅，立即掙扎着站起身來，一臉不忿地說：「我還沒有準備好，這次不作數，重來！」

胡直見趙強居然耍賴，不禁有些失笑。

　　這次換了胡直為反方，由趙強先行進攻。

　　趙強不敢再輕敵，鼓足勁兒向着胡直的肩膀搭去，滿以為這次必定能讓胡直大吃苦頭。

　　然而，他沒料到胡直非但力氣大，連身手也相當敏捷。

　　當趙強的手快要觸碰到胡直的肩膀時，胡直忽然把身子往旁微微一側，便輕易避了開去，還趁機回身，一手扣住了趙強的手臂。

趙強不容許自己再敗下陣來，於是也馬上回身反制胡直。

他們互相暗中較勁，但由於二人勢均力敵，任何一方都無法討得便宜，最終教練一聲令下，雙方只能在不分勝負的情況下草草結束。

雖然分不出勝負，但經過兩次交手都無法把胡直打敗，趙強已經覺得

十分丟臉，心中恨得牙癢癢。

　　為了挽回面子，一個邪惡的念頭，不知不覺在他心頭滋長起來。

第八章　進退兩難

　　這天上跆拳道課的時候，方教練一臉興奮地向大家宣布一個好消息：「跆拳道課已經開始了一段日子，為了能讓老師及家長們了解你們的學習進度，我們決定於聖誕節安排一場跆拳道表演，作為聯歡會中的一個表演項目！」

　　文樂心頓感好奇：「跆拳道也可以表演嗎？怎麼表演啊？」

　　方教練笑着解釋道：「表演共分為自衞術和踢木板兩個項目，我會把

大家分成兩隊，每隊負責表演一個項目。」

在方教練的安排下，高立民和郭建勇等同學被分派到自衛隊；而謝海詩、文樂心、李子洋、趙強和胡直，則被安排到木板隊中。

所謂自衛術的表演，其實就是像對練時一樣，在完全不使勁的情況下，由兩位同學互相配合地做出攻守的動作。

至於踢木板，就是由一位同學負責舉起木板，而其他同學則輪流以踢腿的招式踢擊木板，務求能即時把木

板一分為二。

然而，負責舉起木板的同學，偏偏卻是趙強的搭檔李子洋。

「真不巧！」文樂心頓覺有些不妙。

「怎麼辦？李子洋會不會趁機報復啊？」郭建勇更是惶恐不安。

「在眾目睽睽之下，我不信他們敢胡來！」謝海詩輕哼一聲道。

　　話雖如此，但她們都不敢大意，仍然金睛火眼地注意着趙強和李子洋的一舉一動，以便能見機行事。

　　而對於趙強來說，眼前的這場表演，無疑正是他挽回面子的好機會。

　　一天下午放學時，趙強便暗中把搭檔李子洋拉到一旁，親切地跟他說道：「兄弟，你能幫我做一件事嗎？」

向來十分崇拜趙強的李子洋，見他主動開口請求幫忙，當然是義不容辭地答應道：「沒問題！我有什麼事可以幫你嗎？」

沒問題！

「其實也沒什麼，跆拳道的木板不是有厚薄之分嗎？不同的段位及級別，便會使用不同的厚度。」趙強歪着嘴角一笑，才又接着說道：「在表演當天，你就拿一塊厚木板給胡直、文樂心和謝海詩，好讓他們當場出醜吧！」

李子洋聽得眉頭一皺，忍不住遲疑地說：「這樣做不好吧？這次的表演，老師和家長們都會在場啊！」

趙強臉色一沉，很不以為意地輕哼一聲：「這有什麼不好的？你忘了當日他們是如何跟我過不去的嗎？我

必定要讓他們知道我的厲害！」

「可是，如果我們這樣做，他們很有可能會受傷的。萬一老師追究起來怎麼辦？」李子洋憂心忡忡地說。

李子洋以為自己這麼一說，趙強便會打消念動。

沒想到趙強竟然聳了聳肩，不管不顧地說：「我管不了這麼多，總之你必須幫我！況且，木

板加厚了又能怎麼樣？頂多就是無法把木板踢斷而已，不會有事的！」

　　李子洋表面上不動聲色，一顆心卻沉了下去。他在心裏暗自盤算着：「這個趙強，説得倒是輕鬆！在事情還未發生前，誰又能説得準到底會怎麼樣？萬一他們真的發生什麼事，負責舉木板的我，豈不是成了代罪羔羊？但如果我不肯幫忙，趙強會不會遷怒於我？」

　　一時間，李子洋陷入了兩難的局面。

第九章　將計就計

　　李子洋生性頑皮搗蛋，總愛在同學們面前逞威風，偶爾也會佔佔小便宜，又或者借趙強之名，在人前狐假虎威一番。

　　可是，倘若要他做出違背良心，甚至對同學帶來傷害的壞事，他卻是一萬個不願意。

　　然而，如果他不依從趙強的要求行事，趙強必定會找他算帳。

　　一想到開罪趙強的後果，李子洋便不由地打了一個寒顫。

但無論如何，他總不能真的按照趙強的吩咐，去對付低年級的同學，助紂為虐吧？

正當他感到萬分為難，無法拿定主意的時候，腦袋忽然靈光一閃：「對了，文樂心不正是文宏力的妹妹嗎？既然文宏力是風紀隊長，說不定他能想出兩全其美的辦法啊！」

一念及此，李子洋便不再猶疑，立刻找上跟他同班的文宏力，把事情的始末，原原本本地告訴了他。

文宏力得知趙強居然膽敢欺負妹妹，頓時勃然大怒，很想立即跑去教

訓他。

　　然而，他畢竟是風紀隊長，十分
明白以暴易暴並非解決問題的方法。

　　他努力克制住怒氣，跑到文樂心
的教室，把趙強的陰謀告訴她，叮囑
她要萬事小心。

這個消息一經說開，頓時引起了一陣譁然，大家都義憤填膺地嚷道：「豈有此理，這個趙強怎麼能如此對待我們？太過分了！」

吳慧珠、江小柔和黃子祺在旁聽

了，也同樣忿忿不平。

　　只有身為風紀的文宏力仍然保持
理智，冷靜地向他們建議道：「你們
應該把事情告訴老師，讓老師為你們
討回公道。」

　　謝海詩一個勁地搖頭擺腦，不滿
地反對道：「不行，就這樣告訴老師，
實在是太便宜他了！」

「海詩說得對！」文樂心也滿臉怒容，「趙強如此可惡，我們非得給他一點教訓不可！」

黃子祺也氣憤地插嘴：「當然要還以顏色啦，否則他會以為我們這些低年級生是好欺負的呢！」

「對啊，不能就此作罷！」吳慧珠和江小柔也連連點頭和應。

「可是，直到現時為止，他還沒有對我們出手，我們又能拿他怎麼樣？」高立民無奈地攤了攤手。

謝海詩托了托眼鏡，眼珠伶俐地一轉，嘻嘻一笑道：「既然他想在聯

歡會當天讓我們出醜，那麼我們就將計就計，也讓他嘗嘗自己的惡果喔！」

文樂心沒聽明白，惘然地撓着小辮子問：「那麼，我們具體是要做些什麼？」

「你們湊過來一點！」謝海詩為防隔牆有耳，讓大家靠攏圍成了一圈，然後才悄聲地把計劃告訴他們。

大家一邊聽一邊點頭稱好，高立民和胡直更忍不住對望一眼，「咭咭

咭」地壞笑起來。

文宏力卻聽得連連搖頭，反對道：「你們不應該私下找他報復，你們這樣的行為，豈不是變成跟他一樣的人了嗎？」

「當然不一樣了！」文樂心立即反駁，「我們並非真的要欺負他，只是作作樣子，好讓他也嘗嘗被別人欺負的滋味而已！」

「沒錯，唯有如此，他才會懂得反省！」高立民和胡直也連聲附和。

文宏力仍然不贊成他們的做法，但心知自己拗不過他們，只好無奈地警告道：「你們別做得太過分，否則我不會坐視不理啊！」

謝海詩笑着一歪嘴角，自信滿滿地一拍胸膛，保證道：「放心吧，我們只是想戲弄他一番，就當作是小懲大誡，絕對不會做出違反校規的事情啦！」

第十章　自作自受

　　期待已久的聖誕聯歡會，終於來臨了。

　　負責表演跆拳道的同學們，都一大早來到活動室，預先換上整齊的跆拳道道服，然後一邊做熱身，一邊等候方教練發號施令。

文樂心、謝海詩、高立民、胡直
和郭建勇也早已準備就緒，唯獨最愛
遲到的趙強姍姍來遲。

　　趙強剛踏進活動室，只隨手把背
包往牆角一扔，便蹲下身打開背包，
預備要取出道服換上。

　　就在這時，李子洋忽然上前，在
他耳邊不知說了句什麼，趙強便立刻
拉着他，匆匆地又跑了出去。

　　趁趙強離開的當兒，文樂心和謝
海詩立刻上前，從他那個敞開的背包
中，迅速把道服取走藏了起來，然後

再若無其事地回到原位。

　　當趙強再回到活動室，預備要取出道服換上時，發現道服不見了，頓時大吃一驚地喊：「我的道服呢？」

　　這時，距離出場表演，就只剩下三十分鐘。

　　趙強有些着急，索性把

　　背包反轉，將裏面的東西全部傾倒出來，但始終不見道服的蹤影。

　　他不禁大感奇怪：「我分明記得臨出門前，是我自己親手把道服放進背包的，怎麼會突然不翼而飛呢？」

看着趙強着急地找得滿頭大汗，文樂心、謝海詩、高立民和胡直暗暗偷笑，積存在心頭的怨氣，也頓時消散了不少。

文樂心見趙強已經自食其果，便回身欲取出道服，打算跟趙強把事情說個明白。

偏偏這時，趙強不意地看了他們一眼，發現他們臉上都帶着似笑非笑的神色，頓時有所醒悟地從地上一躍而起，指着他們質問道：「一定是你們在搗鬼，對不對？」

文樂心等人都不置可否，只有謝海詩攤了攤手，冷冷地回道：「是你自己忘了帶道服，怎麼能賴在我們頭上？你有證據嗎？」

趙強見他們沒有立即否認，心中更覺可疑，頓時怒吼一聲道：「快把道服還給我！」

文樂心見事情已經被他識破，更

112

不想再跟他繞圈子，便把道服直接放在他跟前道：「你的道服就在這兒，請你先向郭建勇道歉，保證以後不會再欺負同學，我便把它還給你！」

　　郭建勇雖然有注意他們的情況，但一直未有參與，沒想到文樂心會忽然提到自己，登時大吃一驚，急忙連連擺手道：「不用了，不用了！」

不用了，
不用了！

趙強何曾被人如此戲弄過？

他怒不可遏地走到文樂心面前，掄起拳頭作威脅狀：「別以為你的哥哥是風紀隊長我就怕你，你再不把道服還給我，我就不客氣了！」

文樂心被他這副兇惡的嘴臉嚇住了，

呀

腳下不由地往後急退，卻不小心被地上的背包絆倒，頓時失去平衡，整個身子便往後倒去。

　　由於事出突然，大家都只「噢」地驚呼起來，還來不及反應，眼看文樂心便要撞在身後的大門上了。

就在這千鈞一髮間，有人飛身撲上前來，從後把她接住。

大家抬頭一看，原來來人正是方

教練，而緊隨在他身後的，是文樂心
的哥哥文宏力。

第十一章　真正的強者

幸虧方教練及時出手，文樂心才安然無恙。

在確定文樂心無恙後，方教練緩緩地走到同學們面前，一雙銳利的眼睛，直往文樂心、郭建勇和趙強三人身上掃來掃去，沉聲地問道：「有誰能告訴我，到底發生了什麼事嗎？」

趙強一見是
方教練，心下一
驚，忙把握着拳頭
的手藏到身後。

「方教練，我
知道！」文樂心剛
站穩身子，便立刻
舉手，把趙強如何欺負郭建勇、他們
如何出手制止與及決定把趙強的道服
收起來的前因後果，一五一十地向方
教練述説了一遍。

「荒唐！」方教練一聽到他們把
道服收起來，當即板起臉孔，連聲訓

斥道：「你們受到欺負，應該在安全的情況下把事情告訴老師。既不應默默承受，以便助長惡人的氣焰，更不應私下報復！」

他瞟了文樂心、謝海詩和郭建勇一眼，一字一句地續說：「你們這樣做，不但將自己陷入危險之中，還會跌進冤冤相報的惡性循環，令事情變得更複雜。」

聽到方教練的話，他們三人都慚愧得漲紅了臉，忙異口同聲地小聲說：「對不起，我們以後不敢了！」

「雖然你們做錯了，但鑑於你

們的出發點只是出於義憤，也沒有做出過分的行為，這次就姑且放過你們吧！」方教練點了點頭，臉色稍寬。

但當方教練轉而望向趙強時，他的語氣一下子變得相當嚴厲：「在課堂的第一天，我已經很明確地告訴過大家，什麼是跆拳道精神。我們學習跆拳道的目的，是希望強身健體，以自身的力量去保護自己和身邊的人，而並非欺凌弱小！」

「對不起，方教練，我知道錯了！」趙強心虛地垂下了頭，低聲地企圖解釋道：「其實我並非真的要去

傷害人，我做了這許多，也不過是希望成為公認的強者，得到大家的尊重而已！」

「欺凌弱小的人不是強者，而是懦夫！」方教練嚴厲地斥責，「一個人要能堅守道德修行，正直勇敢，保護弱小，為公義而奮戰到底，才能配稱是真正的強者！」

方教練這番嚴厲的訓話，直把趙強說得臉紅耳赤。

「不管你的動機為何，也應該為你自己的行為負責！」方教練鐵面無私地搖搖頭，向趙強作出應有的懲罰：「從即日起，你不再是跆拳道班的學員，不可以再參加任何跆拳道的活動，直至老師們覺得你已真正痛改

前非為止！」

　　對於趙強欺負同學的行為，學校除了對他進行了適當的處罰外，還特意跟趙強的父母商討，針對趙強的行為制定策略，期望他能走回正途。

　　而其中一個辦法，就是要求趙強參與「大哥哥計劃」，負責協助新入

學的學弟學妹，適應新的校園生活。

　　這天早上，趙強遵照老師的要求，一大早回到學校，把一條寫有「愛心大哥哥」字樣的帶子掛在胸前，在大門入口處站崗。

而他的主要任務，就是負責照顧低年級的同學，包括帶領他們排隊洗手、提書包或安撫情緒等等。

　　趙強本以為這個任務很簡單，沒想到當值的第一天，便遇上一個因為想念媽媽而大哭的小學妹。

「不過是上課而已，
哭什麼嘛？」趙強不解地皺起眉頭。

　　那位小學妹見到他板着臉孔的樣
子，心頭一驚，哭得也就更兇了。

　　愛充當強者的趙強，向來都只
有別人來奉迎自己，何曾試過去哄別
人？

一時間，趙強被她弄得一個頭兩個大。

眼看小學妹哭得喘不過氣的樣子，他懊惱得抓腦撓腮，只好絞盡腦汁地一邊說着笑話，一邊做出連串逗笑的動作，直至她破涕為笑。

見到她臉上終於重現笑容，趙強居然禁不住也跟着笑起來，一絲莫名的喜悅，打從心底裏冒了起來。

　　這種喜悅的感覺，既陌生又美好，比起之前欺負別人時的感覺好得多了。

路過的同學們看到此情此景，都覺得太不可思議，特別是曾經被他欺負的郭建勇。

　　當他見到趙強這副矛盾的表情，忍不住「嗤」的一聲笑了出來。

　　趙強回頭見到郭建勇，也不禁感到既尷尬又慚愧，遲疑了好一會，才一臉窘困地走上前來，真誠地向郭建勇一鞠躬道：「之前是我不好，對不起，請你原諒我！」

　　就在這麼一瞬間，郭建勇釋懷了。

　　這件事令他明白到，當面對惡勢

力的挑戰時，只要勇敢面對，並在安
全的情況下向長輩們尋求協助，事情
必定可以迎刃而解。

第十二章 洗心革面

日子一天天地過去，不知不覺已經是農曆新年了。

在不用上課的日子，文樂心倒是比要上課時更忙碌，不是到親戚朋友家拜年，就是跟鄰居宋瑤瑤和江小柔等好友玩耍，再不然就是窩在家中看電視或打遊戲機，每天都要媽媽再三催促，才不情不願地上牀睡覺。

到了農曆年長假結束後的第一天，文樂心賴牀的老毛病又犯了，只好再次急匆匆地跑回學校。

不過，由於老師在年假前布置了大量作業，她背上的書包變得異常沉重。

文樂心背着沉甸甸的書包，走起路來自然是百上加斤，速度比過往慢了許多，待終於來到學校門口時，她已累得氣喘如牛。

當她一邊喘着大氣，一邊推開大門的鐵欄時，卻偏巧跟趙強再次狹路相逢。

自從文樂心向方教練舉報趙強後，這還是她第一次跟他單獨碰面，心中立時暗叫不好，忙急急把頭一低，閃身想要往別的方向走。

　　但她怎麼也沒想

到，趙強竟然從後追了

上來，還一手把她的書

包搶去了。

　　文樂心立時大吃一驚，以為

他要向她報復，焦急得大聲喊道：「趙強，你要幹什麼？快把書包還給我，不然我要告訴老師了！」

然而，趙強充耳不聞，非但沒有把書包還給她，還上前拉着她的手，一口氣地往樓梯上衝去。

他一邊跑還一邊嘮叨：「你這個愛遲到的老毛病能不能改一改？你但凡能提早十分鐘出門，便不至於像現在這樣狼狽了！」

趙強三兩下子把她帶到教室門口，然後一把將書包還給了她。

這時，文樂心才明白，原來趙強

不是在報復，而是在幫她呢！

　　她頓時受寵若驚，趕忙連聲道謝。

　　她認真地看了趙強一眼，卻訝然地發現趙強身前的「愛心大哥哥」帶子已經不見了，取而代之的，竟然是寫着「風紀」二字的小襟章。

「唷，原來你當上風紀了？」文樂心驚訝地喊。

「對呀！老師見我當大哥哥當得不錯，在完成大哥哥任務後，便安排我轉而當上風紀了呢！」趙強驕傲地一挺身子，把雙手交疊胸前，笑嘻嘻地反問道：「怎麼樣？我厲害吧？」

從前的趙強自恃身強力壯，經常欺負同學，在同學眼中，他無疑就是恐怖的魔鬼，沒有人願意親近他。

　　但如今的他，雖然同樣高大壯健，卻隱隱透着逼人的青春與活力，感覺截然不同。

　　見到趙強如今洗心革面，文樂心不禁朝他豎起大拇指，

名副其實的強者！

由衷地讚道：「現在的你，懂得以自身的力量去幫助別人，是名副其實的強者呢！」

「這個當然！」趙強半蹲着身子，擺出一個自以為威風的姿勢。

就在這時，身後傳來徐老師的聲

音道：「這位男同學，上課鈴聲已經響起了，你還不去上課嗎？」

　　「糟了！」趙強被徐老師一言驚醒，來不及跟文樂心說聲再見，便急急忙忙地爬上樓梯，向着位於五樓的教室急奔而去。

鬥嘴一班 29

校園最強者

作　　者：卓瑩

插　　圖：Alice Ma

責任編輯：張斐然

美術設計：張思婷

出　　版：新雅文化事業有限公司

　　　　　香港英皇道 499 號北角工業大廈 18 樓

　　　　　電話：(852) 2138 7998

　　　　　傳真：(852) 2597 4003

　　　　　網址：http://www.sunya.com.hk

　　　　　電郵：marketing@sunya.com.hk

發　　行：香港聯合書刊物流有限公司

　　　　　香港荃灣德士古道 220-248 號荃灣工業中心 16 樓

　　　　　電話：(852) 2150 2100

　　　　　傳真：(852) 2407 3062

　　　　　電郵：info@suplogistics.com.hk

印　　刷：中華商務彩色印刷有限公司

　　　　　香港新界大埔汀麗路 36 號

版　　次：二〇二三年三月初版

ISBN 978-962-08-8182-4